마음을 담은 생각

마음을 담은 생각

채장수 시집

바른북스

채장수 시집

프롤로그

　내 마음을 글로 표현하고 싶어 눈으로 보고 가슴으로 느낀 것들을 되새기며 한 줄 한 줄 정리하였습니다. 시인도 아니면서 시를 쓰고 시집을 만든다는 것이 처음에는 낯설었지만, 한 편 한 편의 시를 준비하면서 점차 익숙해져 가는 것을 알게 되고 나도 같이 성장해 가는 느낌을 받았습니다.

　시골에서 태어나 자연 속에서 자랐기에 그에 대한 친밀감을 시 속에 녹여 넣고 싶었습니다. 세월이 가면서 고향에 대한 동경이 점차 짙어지고 있음을 글을 쓰면서 나도 모르게 느끼게 되었습니다. 이러한 배경이 시의 주제를 잘 설명해 주고 있다고 할 수 있습니다.

　마음을 되새기며 쓰고 지우기를 반복하면서 문장을 다듬어 가는 과정이 나름 큰 기쁨이었습니다. 일상의 환경과 생활에서 좋은 것을 발견하고 주변에서 영감을 얻으려 노력했습니다.

시를 쓰면서 있는 그대로를 표현하고자 했습니다. 포장이나 화려한 단어, 문장보다는 솔직함을 담고 싶었습니다. 글 쓰는 재주가 탁월하지 않아 오히려 시 제목 선택에 더 자유로웠고, 이 순수한 마음으로 시에 대한 애정을 더욱 깊이 담아낼 수 있었습니다.

이러한 마음은 가슴속에 간직한 한 사람을 위한 것일 수도 있습니다. 시간이 지나며 기억의 선명도는 흐려질 수 있지만, 그에 대한 생각은 오히려 깊어지고 있습니다. 이 시집은 그 사람을 잊지 않으려는 나의 진심 어린 노력의 결과일 수도 있습니다.

이 시집은 마음에 담긴 생각들을 계절의 흐름에 따라 차례로 담아냈습니다. 생각을 마치 한 폭의 그림처럼 그려내고, 그로부터 느껴지는 감정과 느낌을 글로 정리한 것이 이 시집의 특별함이라 할 수 있습니다. 독자 여러분께서도 계절의 변화를 따라가며, 마음속에서 피어나는 감정들을 함께 느껴보시길 바랍니다.

2024년 10월 어느 날 채장수

차례

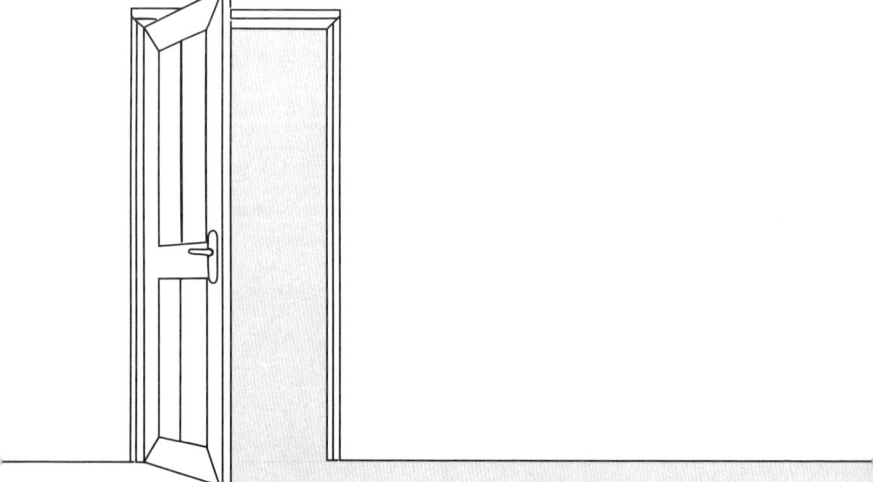

제2부 여름이 왔다

제3부 **가을을 보내며**

제1부

봄을 기다리며

보리밭

밤새 내린 비에
크고 작은 물방울을
뒤집어쓴 보리밭

요즘 애들처럼 헤드셋으로
소리 없이 오는 봄 소리를 느끼고 있나?

보리밭은 아우성으로 가득하다.

벚꽃

살며시 고개 내밀고
햇빛과 눈 맞추니
벌써 봄은 내 앞에 와 버렸다

흔들리는 나뭇가지에
옹기종기 모여 앉아
지나가는 바람에 눈웃음 담아 보낸다

방금 보낸 내 모습을
다시 받아 볼 수는 없을까 하여
뒤돌아보고 불러도 봐도

보이는 것은 살포시 고개 내민
하얗고 불그스레한 새색시 같은

너!

봄을 기다림

남쪽 봄 향기 맞으러
문설주에 기대고 있는데

봄은 벌써 와
나뭇가지에 주렁주렁 달려있다

임과 같이한 향긋한 봄 내음은
아직 피어나지 못하고

내 마음 한 켠에 몽글몽글 달려있다.

등굣길

이른 아침 눈꽃이 휘날리는 등굣길
그때 마냥 무심코 밟고 지나간 벚꽃

지금도 여전히 벚꽃은 날리고 있지만
내 눈꽃 발자국은 보이지 않고

나의 흐릿한 빗자루로
눈처럼 하얀 꽃을 먼지와 같이
가물가물한 기억을 쓸어 담고 있다

휘날리는 교정 벚꽃이
지나가는 내 마음에 살포시 내려앉아
아름다운 젊은 날 추억을 수놓는다.

아지랑이

저 멀리서 시나브로 다가온

아지랑이

내 곁에 와서는

상큼한 봄 향기

내 맘에 담아서

고이 간직하리라.

꽃비

개울가 나란히 어깨동무하고
길 건너 나에게 오라고 손짓한다

내가 네 곁으로 가까이 가면
너의 모습은 보이지 않고

너는 바람과 같이 함께
입맞춤하고 춤을 추는구나

나는 너의 품에 안겨
가는 길을 잃었다

바람 한 점 없는 그날
개울가로 꽃비 마중을 하러 가야겠다.

쟁기질

농부와 황소가 논에서 씨름을 한다
소는 가기 싫다고 하고
농부는 해 떨어진다고 한다

저 멀리 작은 외딴집에서 연기가 피어나고
농부 얼굴에는 근심이 피어난다

지나가는 아낙네는 발걸음을 멈추고
뭐라고 소리친다

논배미는 말이 없는데
계절은 농부를 재촉하고
농부는 계절과 씨름을 한다.

돌담

우리 마을 돌담은
힘들 때 기댈 수 있게 품을 내주고
더울 때 햇빛도 가려준다

우리 집 대문까지 서로 손잡은 작은 돌담은
어렸을 때 나의 다정한 친구이고
따스한 의자이기도 하다

내가 떠난 후
돌담은 하나둘씩 얼굴을 잊어버리고
이웃집 주춧돌로 자리를 지키고 있다

네 얼굴이 생각나고
네 어깨에 기대고 싶을 때
나는 시골집으로 돌아갈 것이다.

네가 있는 그 자리로!

봄 낚시

남녘의 따스한 봄 향기는
어렸을 때는 소달구지 타고
젊었을 때는 기차 타고

내게 다가오지만

어제도, 오늘도
내 옆을 그냥 스쳐 지나가네

지나가는 봄을
봄 그물로 낚아 보자.

마음을 담은 생각

동네 길

나는 내가 아는 길
내가 걸어온 길
모두 나와 다른 길이다

가로수와 작은 돌자갈이 있는
신작로 같은 길을 걷고 싶다
어머니와 손잡고 걷던 그 길

나는 내 아들딸과 같이
비록 돌자갈 신작로는 아니지만
작은 언덕이 있는 가로수 길을 걷고 있다

이제 내가 걷고자 하는 길은
쉬엄쉬엄 걷다가 지치면
그냥 눕고 싶은 마을 동네 길이다.

담을 넘은 향기

바람과 햇빛을 천막 삼고
벚꽃과 봄 향기 관중 속에 마주 서

살며시 비친 햇빛과 눈 맞추니
나의 공은 노란색 담을 넘네

상큼한 봄 향기에 길 잃은
나의 패들은 어쩔 줄 몰라
자꾸 봄바람과 햇빛을 막아 달라고 한다

천막을 벗어나니
찬란한 수많은 별들이 손짓하네!
너를 알겠다고.

그녀

그냥 바라만 보아도 좋다
옆에 서 있어도 좋다
같이 걸으면 더욱 좋다

난 네가 바라보지 않아도
그저 멀리서 보이기만 하여도
나는 좋다

같은 하늘 아래 있으면
참 좋겠다.

뚝방

안개 속에 가려진 긴 뚝방길

배가 묶여있는 샛강을 끼고서

숨차게 달려온 기차 소리를 반가이 맞는다

봄바람에 고깃배의 만선 깃발이 춤을 추고

뚝방길에 아가씨가 새참을 머리에 이고 온다

들바람에 깃발과 소녀 마음이 갈대와 살랑거린다

논두렁에 옹기종기 둘러앉은 농부는

멀리서 너울너울 피어나는 아지랑이를 보고

뚝방에 불이 났다고 한다

뚝방은 여전히 오가는 사람을 반갑게 맞아주고

농부와 종달새가 뚝방을 무대 삼아

산들바람과 아지랑이 속에서 합창한다

내일 아침에는

뚝방이 짙은 안개 속에 고이 있을 것이다.

우리 강아지

앞마당은 네 세상
앞만 보며 달리는구나!

꼬리가 너를 따라가지 못하는구나!

무엇을 위해 그렇게 달리지!
나도 그렇게 달려오지 않았나?

비

비가 오면
농부처럼 마음이 바빠진다
괜스레 할 것도 없는데

여러 가지 생각이 서성거린다
창틀에 걸려 흩어진 구름처럼

비가 오면
논처럼 마음이 평안해진다
높고 낮은 곳도 없이

이 비 그치면
그리운 옛 친구들을 보기 위해
랜선들을 힘껏 끌어당겨야겠다.

비 온 후 개울가

이 비 그치니

땅에서는 파릇파릇한 새싹이 단장하고

담 너머 나뭇가지에도 파랑 저고리가 걸쳐있다

간밤에 내린 비로

개울가는 아우성으로 가득하고

돌다리는 물속에 엎드려

반짝이는 햇살을 부끄러워하고 있다

엄마 따라온 꼬마 녀석은

개울에 신고 온 신발을 던져

지나가는 물고기와 인사를 하고

친구 하자고 손짓한다

개울가에 핀 노랑 민들레는

향긋한 봄바람에 날개 펴

하늘 높이 춤추며 날아간다.

민들레

처음엔
노랑머리로

나중엔
하얀 면사포 쓰고

내게 다가왔지!
사랑스러운 너 민들레.

내 마음의 얼굴

물속에 비친 내 마음
얼굴은 물결에 따라 출렁거리고 있지만
내 마음은
깊은 물속 그 자리에 있다

봄꽃처럼 내 얼굴은 달라지지만
내 마음은
풀꽃 향기처럼 은은하다

거울에 비친 내 얼굴은 같지만
내 마음은
시시때때 봄꽃처럼 달라진다

세월은 얼굴을 봄꽃처럼 변하게 하지만
내 마음은
항상 네 곁에 머물고 있다

이 봄에는

내 마음속 얼굴은

얼굴 속 마음과 다른가 보다.

제1부 봄을 기다리며

비 오는 날

비가 내리면
내 마음은 안절부절해진다
새들도 서둘러 집으로 날아가고
개울가는 흙탕물로 넘쳐흐른다

비를 맞으면
내 마음은 한결 가벼워진다
묻은 걱정이 씻겨 다 없어지고
타는 목마른 갈증도 사라지게 된다

이 비 그치면
내 마음은 산뜻해진다
풀과 나뭇잎은 푸르러지고
넓은 들 보리밭은 더욱 짙어지겠다

내 마음은 두근거린다
풀밭같이 새로이 단장하고

하늘 높이 나는 새와 힘껏 솟아 날아보자.

바퀴 돈

내 주머니 속
찰랑찰랑 동전 부딪친 정겨운 소리
어디서 들을 수 있을까?

기쁜 소리 슬픈 소리 알려주기 위해
동전 들고 길거리 전화통에 줄 선 사람들
이제 보이지 않네

전화통은 지금 통화 중일까?

크고 작고 희고 누런 동전
우리 아들은 예전에
이를 바퀴 돈이라고 불렀다.

봄 소풍

푸릇푸릇한 계곡과 들판이
나를 반기고 손짓한다

개울물에 비친 하늘과 물소리도
오라고 외친다

우리 같이 모여 앉아
지나가는 봄 향기와 소꿉놀이하자고

봄은 왕이로구나
모든 것을 꿈틀거리게 할 수 있고
새로운 모습으로 변하게도 한다

나도 새롭게 단장하고
시냇물이 흐르는 개울가로 소풍 가
산뜻한 봄바람을 맞고 싶다.

그녀가 좋아하는 색깔

보일 듯 말 듯 살포시 나타나는

그녀가 좋아하는 색깔

연하면서 푸르지 않은 그 순간을

나는 기억하고 있다

이제 우리는

그 시간을 같이할 수 없어

그저 바라만 보고 있지만

내 곁에 가까이 오지 않는구나!

자고 일어나니

그녀가 좋아하는 색깔이

저 멀리서 가물거려 쫓아가 보니

온데간데없다

나는 그 색깔을

내 곁에 붙잡아 둘 수는 없지만

그녀가 좋아하는 색깔로

내 마음속 곱게 간직하고 싶다.

풀꽃

풀인지 꽃인지
잘 모르겠다

예쁘기도 하고
그냥 그렇다

내 발걸음을
머뭇거리게 한 풀!

너도 내가 좋아하는 꽃이다.

개울가 물소리

비 온 뒤
개울가 징검다리 사이사이
물결 위에 쏟아지는 햇살을 담아
물소리 너는 돌다리를 감싸고 있다

너의 시원한 노랫소리에
잠자고 있던 소금쟁이가 일어나
물 위 스케이팅하면서 지나간다
크고 작은 동그라미를 그리면서

이쪽저쪽 손잡아 이어주는
징검다리를 건너면서
너의 노래에 살짝 추임새를 더해
개울가 늦은 봄 합창을 시도해 본다

부서진 햇살과 반짝이는 물결 속에
머지않아 곧 개구리도 찾아올 것이다.

달맞이꽃

어제는 보이지 않았는데

너는 수줍어 풀 속에 숨어 있다가
내 발소리에 살며시 얼굴을 드러내고
새색시 눈웃음으로 반가이 맞는다

너를 보면 볼수록
내 마음은 붉게 물들어 가고
가까이 다가갈수록
샘물 같은 시원한 향기를 주는구나

밝은 달빛 아래
서로 키 세우면서
밤바람에 고운 얼굴 비벼댄다

내 얼굴도
어느새 빨갛게 물들어져

이내 잠 못 이룬다.

작은 오솔길

밝은 달빛 아래 당신과 같이 걷던 길
간밤에 내린 눈에 파묻혀
잊혀질까 봐 걷고 또 걸었다

그녀와 같이 손잡고 걸었던 작은 오솔길
지난겨울 서릿발같이 모진 바람은
이제 산들산들한 봄바람으로 가득하다

너는 눈꽃으로 예쁘게 차려입고
솔바람 부는 달빛 아래서
손잡고 걸어가는 연인들을
마냥 시새워하면서!

무심코 홀로 스쳐 지나가는
내 발걸음을 멈추게 하는구나!

찰칵

찰칵
바람에 흔들리는 나뭇가지가 멈추고
내 마음도 같이 멈췄다

찰칵찰칵
지나가는 새와 뭉게구름도 멈추고
내 생각도 그 자리에 그만 서 있다

찰칵으로
모든 것이 한순간이 되었다

네 마음도
찰칵으로 멈출 수 있으면
참 좋겠다.

물길

굽이굽이 흐르는 물
어디서 오는지
어디로 가는지
나는 알 수가 없다

흐르는 개울물 위에
나뭇잎 하나 떠내려간다

물길 따라가다 보면
크고 작은 사연들을 모아 싣고
큰 바다로 나아갈 수 있는
강을 만날 수 있다

행여
강에 도착하면
내게 좋은 소식 전해 주렴

지금 어디쯤 가고 있을까?

궁금하다!

한 장의 추억

산뜻한 봄 내음을 감싸안고
서산으로 지는 해를 마주 보고
한 장의 추억을 생각한다

내 앞을 스쳐 지나가는
저녁 바람을 맞으며
한 장의 추억을 기억한다

오늘 하루
흘러간 시간을 부여잡고
한 장의 추억에 매달린다

내일은
또 다른 추억이 생기겠지.

가다 보면

가다 보면
찾는 길이 나오겠지

보다 보면
좋은 점이 보일 거야

하다 보면
잘할 수 있을 거야

그렇게 되면 좋겠다.

처마에 걸린 달

마당 한가운데 모닥불이 피어나고
여기저기서 못다 한 얘기로 끊이지 않는다

우리들 얘기는 모닥불 연기처럼
모락모락 피어나고 있다

장난스러운 얼굴 모습은 어렴풋이 보이고
말투는 여전히 옛 티를 벗지 않아
세월의 나이를 잃어버린 것 같다

늦은 밤 툇마루에 걸터앉아
처마에 걸려 있는 둥근달을 보고
손가락 약속을 불러온다

보름달 보고 얘기하자는 그 약속
누가 안 지켰는지 알 수는 없지만
나는 확실히 한 사람은 알고 있다

처마에 걸린 보름달에

지난날의 옛 자취를 불러 그려본다.

너는 참 멋지다

처음에는 낯설어
잘 보지 못했다

다시 보니
너의 푸른 잎이 보였고

오늘 보니
아름다운 네 모습을 알게 되었다

너는 참 멋지다.

한 발자국 앞서

한 발자국 앞서 있는 색깔에

내 눈은 놀라 커지고

한 발자국 앞서 보인 미소에

내 얼굴에 보이지 않는 웃음꽃이 피며

한 발자국 앞서가는 모습에

내 가슴은 두근거린다

이게 좋아하는 마음이구나!

작은 상어

맑은 하늘에 핀 상어
누가 크레파스로 예쁘게 그렸나
뭉게구름 속에 태어난 작은 상어

햇살에 가려
점점 흩어지는 구름 속 작은 상어
이대로 구름과 같이 있었으면 좋겠다

바람이 불어 점점 옅어지고
어른처럼 커지는 작은 상어
점점 커지는 것을 막을 수 없을까

어렸을 때는
빨리 어른이 되고 싶어 하지만

추운 겨울을 이겨내고
봄에 사랑스러운 꽃이 피어나듯이

너의 생각이 여물어지고
홀로 걸을 수 있으면
그때 멋있는 어른이 될 것이다

우리 모두
너의 의젓한 모습을 기다리고
그리고 항상 함께하고 있다.

봄날은 간다

오월의 향기는
햇살의 따스함에서 나타나고
춤추는 푸른 녹색 잎에서 피어난다

맑고 푸른 하늘은
한층 더 내 마음을 설레게 한다

푸른 나뭇잎과 거리 여인의 옷차림은
하루가 다르게 변하지만

내 마음은 여전히 어제와 같다
아직 봄을 보낼 준비가 안 되었는가 보다

이제 봄날의 기억을 책 속에 접어
선반에 올려놓아야겠다.

눈(目) 놀이터

어제까지만 해도 앞이 훤했는데
이제는 길 건너가 잘 보이지 않는다

누가 내 앞을 가로막고 있지

저녁 비에 한 뼘 자라고
산들산들 봄기운에 흥겨워서 춤추는 나뭇잎
눈앞을 가리고 있다

너의 훤칠한 키와 풍성한 잎으로
내 눈의 놀이터는 사라지게 되었지만
그래도 나는 즐겁다

너는
언제나 새로운 모습으로 내게 다가온다.

오월의 장미

이른 아침 커피 향기보다
더 진한 꽃내음에 이끌려
아침 단잠 설쳐 거꾸로 신발 신고
발걸음은 내 마음보다 앞서 달려간다

우리 집 붉은 담에 살짝 고개 내민
울긋불긋 크고 작은 장미꽃
하얀 찔레꽃 속 너의 모습이
오늘따라 더욱 향기롭고 아름답다

오늘 너의 향기와 모습은
나의 가슴을 다시 뛰게 하고
다른 꽃의 향기와 아름다움을
빼앗아 가 버릴 것 같다

아프로디테, 빨강 장미꽃
너의 아름다움과 향기가 부럽구나

나도 인생의 진한 향기를 담아내고 싶다.

백일홍꽃

우리 엄마 생전에 좋아하던 꽃
길가에 너풀너풀 머리 풀고 서 있는
빨강 백일홍

우리 엄마가 생전에 좋아한 빨강 꽃
당신 옆에 한 그루 우뚝 서 있네

생전에 곱디곱다고 하면서
만져 보지도 못하고 그저 쳐다보기만 한
빨강 백일홍

우리 집 배롱나무 가지에서
이제야 봄 지나고 이파리가 나와 눈 맞춤 하네
너를 보면 우리 엄마 생각이 난다

우리 엄마 생전에 좋아한 백일홍
배롱나무 네가 꽃 피우고 바람에 흔들리면

옆에 서 있는 우리 엄마 생각이 더욱 난다

우리 엄마 생전에 좋아한 빨강 백일홍.

어제와 오늘, 그리고 내일

어제는 오늘을 낳았고
오늘은 아름다운 내일을 기약한다

어제보다 나은 오늘이 되도록 기원하며
떠오르는 아침 햇살을 맞는다

고개 들어 높고 푸른 하늘을 쳐다보고
느낄 수 있는 이 아름다운 순간을
나는 종종 잊고 지낼 때가 있다

내게 소리 없이 다가온 오늘
너와 같이 숨 쉬며 나의 하루를 보낸다

내일 아침에는
새로운 햇살이 찾아와 반겨줄 것이다.

인연

천천히 살펴보아야

서로 알게 되고

오랫동안 같이 있어야

친구가 되고

기다릴 줄 알아야

인연이 된다.

돌잘보(돌아보면 잘 보인다)

지나갈 때는 안 보였는데
돌아오는 길에 너를 만났다

작은 양귀비꽃
지난 비로 흘러내려 와 외롭게 피어 있네

꽃 친구 틈에 끼어 있어
가까이 가보아야 너를 찾을 수 있고
자세히 보고야 너의 향기를 느낄 수 있다

내가 걸어왔던 길을
다시 되돌아갈 수 없지만

마음속에서 다시 돌아가고 있다
여기까지 오면서 보지 못했던 것을
뒤돌아 조심스럽게 찾고 있다

언제쯤 찾을 수 있을지

잘 알 수는 없지만

뒤돌아서 한 걸음 한 걸음 묵묵히 걷고 있다.

아카시아 향기

지나가다 무심코 마주친 아카시아꽃
항상 그 자리에 서서 나를 맞아주고
너의 내뿜는 숨길이 향기롭다

너의 향기에
지나가는 벌과 새들도 취해
네 품에 안겨 뭐라 조잘거린다

나도
발걸음을 멈추고
너의 향기에 가는 길을 잃고
눈웃음 지으며 읊조린다

너의 향기를 안고 있는
꽃잎이 떨어지면
다시 찾아오리라.

봄의 끝자락

봄을 보내는 아쉬움과 함께
상큼한 초여름의 신록을 맞이하고
설레움이 교차하는 5월 마지막 날 오후

봄의 끝자락을 움켜잡고 있는 빨강 장미꽃이
아쉬운 삶에 대한 애착을 느끼게 하고
지나온 발자취를 되돌아보게 한다

5월의 아름다운 기억들을 뒤로하고
들판은 노란색으로 풀어놓은 수채화가 되어
내 마음 한 켠에 걸어놓고 싶다

누렇게 익어가는 보리밭 사잇길로
종다리는 하늘 높이 솟아오르고
6월의 따가운 햇살이 내리쬔다.

여름이 왔다

달빛 창가

저녁 창가에 앉아 책을 펼치니
달빛도 나를 비추고

책 속에서 튀어나온 세상 사는 지혜
달빛에 묻어 내게 비치네

달빛 속에 책장을 넘기니
달빛도 같이 넘어온다.

멈추고 다가서다

가는 길을 멈춰야만

만날 수 있고

가까이 다가가야

아름다움을 발견할 수 있다

인생도 그렇다.

밤마실

하루를 마감하는 늦은 밤

모두를 포근하게 감싼 어두컴컴한 밤에

나는 조용조용 내 발걸음을 재촉한다

달빛과 눈 마주치고 달그림자 따라

풀 내음과 사람 향기 넘치는

거리 골목에서 뒤를 돌아보고 나를 돌아본다

오늘 나의 덧없는 하루는

밤바람과 같이 소리 없이 지나가고

달빛 아래 밤마실 나온 밤의 정취만 내 곁을 맴돈다

밤하늘 총총하게 빛나는 별들이

달빛과 시새워 반갑게 맞아 주고

달그림자 속에서 나를 비춘다

길가 모퉁이에 핀 연분홍 달맞이꽃

밤바람에 산들산들 얼굴 내밀며

반가이 나를 맞으며 손짓한다

어두운 밤은 새벽을 맞으며

다가오는 아침을 묵묵히 기다리고 있다

나도 내일을 맞으러 발걸음을 서둘러야겠다

시나브로 새벽이 다가오고 있다.

사랑은

그리움은

허전함에서 찾아오며

사랑의 저편에 서 있다

행복은

나 자신의 사랑에서 오며

내 사랑은

나 자신을 믿고 존중하는 것이다

사랑은 행복이며

그리움의 샘물이다.

물안개

강가에 하얗게 핀 물안개
내 모습은 보일 듯 말 듯

하얀 포말을 뒤집어쓰고
하얗게 쌓인 눈과 같다

바람에 휘날리면서
햇빛에 반짝이는 네 모습은 더욱 빛난다

강기슭 자욱한 안개는
산 따라 너울거리며 자꾸 날 따라온다.

바닷가 저녁

저녁노을 붉게 물든 바닷가
일렁이는 파도는 내 마음 아는지 모르는지
내 발등에 왔다 갔다 한다

수평선 너머 저녁 하늘은
안개에 묻혀 바다인지 하늘인지
어지러운 내 마음과 같네

바다 저 멀리 가물가물
배와 새들이 저녁 빛에 적셔진
한 폭의 담채화가 되어 내 앞에 걸려있다

금빛 모래밭 걷는 여인들은
해 지는 저녁노을 바라보면서
파도 소리에 맞춰 속삭인다.

아침 햇살

언제나 떠오르는 반가운 햇살
잿빛 하늘을 가르고 나타난다

따사운 햇살에 버거운 새가
쉬어가고자 날갯짓을 멈추고
나뭇가지에 잠시 기댄다

내게 다가온 아침 햇살은
나뭇잎에 옅은 웃음을 드리우며

햇살이 내려앉은 작은 창가는
내 마음을 더욱 포근하게 한다

너는
따스한 호주머니를 내주고
잊지 않고 찾아온 다정한 친구이다.

담장

내 마음의 담장을 치우니

행복이 찾아오고

우리 집 담장을 허무니

아름다운 마을 정원이 되며

담장을 벗어나니

여유로운 미소가 절로 나온다.

초록 이파리

유월의 아쉬운 마음을
새로이 짙푸르게 채워주며

아침 햇살에 고개 기웃거리고
살랑살랑 흔들린다

햇빛에 반짝이는 초록 이파리

에메랄드 거울처럼
눈이 부셔 잘 볼 수 없다

너는
보석같이 예쁘다.

어느새

봄을 맞이하고
파란 새싹을 본 지 어느덧
꽃망울이 달리고
나비가 찾아온 지 어느새

아름답고 곱게 핀 꽃들은 보이지 않고
꽃나무 발등에 떨어진 꽃잎이 쌓였다

산들산들한 바람은 소리 없이 지나가고
새로운 색깔로 갈아입는
여름의 초입 길목에서 서성거리고 있다

내리쬐는 따가운 태양 빛과 시원한 장대비
올여름 한동안 즐겁게 보낼 수 있도록
벌써 짠 바다 냄새 풍기는 바닷가를 달리고 있다

어느새

한여름의 바다가 몰고 오는

색색의 빛과 소리가 달려오는 것 같다.

산행

산 아래서는
내 발등만 보이지만

산 위로 올라갈수록
숲과 물이 보이고 하늘이 가까워진다

산에 오르면
마음에 보이는 눈이 생기고
내딛는 한 걸음 한 걸음이 나를 깨운다.

꽃

네가 보이면
그곳이 꽃밭이 되고

네가 흔들리면
네 향기에 내 맘도 흔들리고
심장도 같이 두근거린다

네가 보이지 않으면
별도 달도 없는 꽃밭이 된다.

그늘과 의자

한여름 내게 시원한 자리를 내어준 그늘
너의 고마움은 그때뿐이었나
너랑 같이 있을 수 있도록 의자가 있으면 좋겠다

어릴 때 울타리가 되어준 부모님 그늘
포근하게 감싸주는 울타리는 사라지고
그 흔적만이 내 마음 한 켠에 자리하고 있다
따가운 땡볕에서 그늘처럼 그리움이 더해진다

내리쬐는 햇빛을 맞으며 외롭게 자리 잡고
찾아오는 이에게 너의 넓은 품을 내주고 있다
한여름에 너와 다정한 이웃이 될 수 있도록
편안한 의자를 가져다 놓아야겠다

우리 동네 개울가 느티나무는
어렸을 때 짓궂은 우리들을 기억하고 있을 것이다

의자가 있는 그늘은 참 아름답고
다정스럽다.

오두막

한여름 밤의 추억이 피어나는 곳
별빛과 벌레 소리에 둘러싸인
산속 예쁜 작은 오두막

저 멀리 굽이진 산 능선 위에 떠 있는
초승달과 졸고 있는 별빛을 마주하고
풀벌레 소리와 콧노래 장단을 맞추곤 한다

떠오르는 아침 햇살에 반짝이는 이슬
풀잎에 맺힌 초롱초롱한 물방울은
건조한 나의 마음을 흠뻑 적셔준다

산허리에 감춰진 오두막에서
산속에 사는 친구들이 밤새 작은 소리로
소곤소곤 나누는 얘기가 무척 궁금하다

홀로 서 있는

장승에게 조용히 물어봐야겠다.

내 마음 장맛비

간밤 개울가 언덕 위에
달무리가 떠 있고

천둥과 먹구름이 몰려오고
시원한 장대비가 쭉 내린다

누군가에게는
목마른 갈증을 해소한 비가 되고
속 시원한 강물이 될 수 있다

내리는 비에
내 마음을 더해 흘려보내
네가 필요한 곳으로 스며들고 싶다

내 마음의 꽃과 열매가
너에게 피어나고 매달리면 좋겠다

천둥은 먹구름 속에서

내 마음 장맛비를 서두르게 한다.

나의 시

뜯어진 하얀 종이 위에

작은 몽당연필로
그림을 그리고

그림에게 말을 걸어
받아 적어 글을 쓴다.

바람

바람 한 점 없는 아침은

너무 조용하고

바람 이는 아침은

조금 어수선하다

바람은

내 바람(託)대로 되지 않는구나!

하얀 구름

뭉실뭉실 하얀 뭉게구름
산봉우리에 걸려 멈춰있고

솜털 같은 흰 구름도
내 작은 창가에 걸려있다

파란 하늘에 조각구름이
도라지꽃처럼 하얗게 피어있다

하늘은 넓고 커다란 캔버스
구름이 내 마음의 수를 놓는다.

장맛비 갠 오후

장맛비가 갠 오후
구름 사이로 햇살은 따갑게 내리쬐고

나폴레옹 구름 모자를 쓴 앞산은
더욱 의젓한 모습으로 서 있다

산 아래 흐르는 개천은
장맛비로 힘찬 합창 소리로 가득하고

하얀 물줄기가 피어난 계단 폭포와
징검다리가 앙상블을 이루고 있다

간밤의 비로 새롭게 단장한 수국은
안개 속에 형형색색의 색깔로 얼굴 내밀고

옛 시골집 마루에 삥 둘러앉아서
즐거운 저녁을 하고 있는 것 같다.

연습이 필요해

밤새 세찬 비에 푹 고개 숙였지만
아침 햇살에 우뚝 선 네 모습
너의 의젓함이 참 부럽다

계절의 아쉬움으로 색 바랜 꽃잎
아침 햇살에 네 향기는 깊고
내뿜는 숨결은 더욱 향기롭다

오늘 내게 다가온 시간은
그냥 따라오라고 하지만
내 마음은 여전히 앞서가고 있다

창틈으로 쏟아 들어온 아침 햇살은
내게 너무 서두르지 말라 하고
내 마음이 곧 시간이라 하지만

내게 불쑥 찾아온 시간을 맞이하니

내 맘은 벌써 앞장서 달려가고 있다

이젠

나도 뒤따라가는 연습이 필요할 것 같다.

바람 소리

산들산들 고개 넘어온 바람 소리
내 귓가에서는 조용해지고

길 건너 담 넘고 온 산듯한 바람 소리
소곤소곤 내게 속삭이고

바람이 담아온 세상 소리를
마음으로 들어보라고 하네

캄캄한 어둠에 싸인 늦은 밤
유리창에 부딪힌 장맛비 맑은 소리는
한여름 밤의 라 캄파넬라 선율이 되고

고향 소식 담아 기찻길 따라 달려온 바람 소리가
내 몸에 닿으니 한더위가 사라진다.

선물

오늘은
당신이 주인공이다

어제보다 나은
오늘이 되고
내일 기대의 싹이 트는 하루다

오늘은
신이 내게 소중히 보내준 선물로
오로지 나의 것이 되도록 해보자.

여름 바닷가

여름 바닷가에 우산꽃이 활짝 피었다
우산꽃이 핀 꽃밭은 설렘으로 가득하다

출렁이는 파도 소리에 맞춰
우산꽃도 흔들흔들 춤을 춘다

바다 위 하늘에는 물새도 춤을 추고
물새 우는 소리에 내 마음도 출렁이며
우산꽃도 흔들흔들 춤을 춘다

여름 바닷가에서 떠난 님 그리며
파도 소리에 내 마음 실어 보내니
물새도 소리 내어 높이 날고
우산꽃도 흔들흔들 춤을 춘다

나는야 여름이 오면 그대 그리워
꽃 우산이 되어 바닷가에서 기다리리.

꽃밭

봄부터 꽃을 피우기 위해
너는 힘든 시간을 같이했고

예쁜 꽃이 불그스레 활짝 피어나니
너는 너무 좋아했다

이제 꽃이 지고 잎이 시드니
꽃밭 너를 찾아오는 이가 없네!

내가 너 친구가 되어
함께 아름다운 꽃을 피우리라.

구름

구름 너는 하늘과 땅을 연결해 주고

파란 하늘에 내 마음을 그려주는

화가가 되기도 한다

낮에는 여러 가지 모습으로 나타나고

밤에는 얼굴을 감추어 그리움을 자아낸다

구름은 그날그날 새로운 얼굴로

너를 불러내고 나를 부른다

내 마음도 그때그때 달라지곤 한다

맑은 하늘에 수놓고 있는 구름은

내 생각을 훔쳐 간 한 폭의 그림이 되어

내 맘의 창에 걸려있다

해 질 녘 구름은 노을을 더욱 빛나게 하고

하늘과 바다가 구름 속에 붉게 타들어 가고

내 마음도 저녁노을에 빠져 붉게 물들고 있다.

비 오는 밤에

창밖은 바람 한 점 없고
비구름이 몰려와 장막을 치고 있다
곧 비가 올 것 같다

안갯속에 세찬 장대비가 내린다
하늘을 배경 삼아 창밖 빗줄기를 바라보며
한여름 밤의 무대에서 일어나는 앙상블을
창가에 기대어 숨죽이고 듣는다

창에 부딪히는 빗소리
테라스에 튀는 빗소리
빗속 세찬 바람 소리

한여름 밤 자연이 빚어낸 창밖의 교향곡은
끝날 줄 모르고 계속되고 있다

이 비가 그치면

땅에서는 새로운 소리가 울려 피어나겠다.

빗소리

바람이 연락을 준다
곧 비가 올 거라고

아니나 다를까
한 방울씩 비가 창문을 두드린다
내가 왔다고

창문을 열고 너를 반긴다
바람이 데리고 온 빗소리 참 좋다.

마음을 담은 생각

꽃 한 송이

당신은 꽃비가 날리는 날
내 곁을 떠났지만

당신이 심어준 한 송이 작은 꽃이
이제는 꽃밭이 되었고

모진 추운 겨울과 비바람을 이겨내고
당신의 향기가 피어나고 있다

이제는 언제 어디서나 항상 같이 있는
내 마음의 꽃밭이 되었다.

싱그러운 초록의 향연

세찬 장맛비가 죽비로
한동안 흐릿한 대지를 깨우더니

구름에 그 자리를 내어주고
안개와 같이 포근히 감싸안아 주고 있다

안개가 걷히고 밀려오는 먹구름 속에
천둥과 번개도 숨어 있지만

목마른 갈증을 달래주는
시원한 비바람도 함께하고 있다

구름 속에 비친 번개와 천둥소리는
잠자고 있는 자연의 생명력을 일깨우고
다가오는 한여름의 서막을 알리고 있다

곧 구름안개 걷히고 장마가 그치면

뜨거운 햇살을 받아 더욱 푸르게 자라

싱그러운 초록의 향연이 펼쳐질 것이다.

물멍

장맛비로 우렁찬 개천 물소리
계단 폭포 위에 핀 하얀 포말
모두 넋을 잃고 멈춰 서 있다

나도 하나가 되었다.

이곳은 어디일까?

따가운 햇살이 미치지 않고
바깥세상보다 화려한 곳
이곳은 어디일까?

복잡하고 시끄러운 세상을 벗어나
시원하고 조용한 곳
이곳은 어디일까?

좀 어둡지만
쾌적하고 사람이 많이 모이는 곳
이곳은 어디일까?

차 소리가 들리지 않고
지나간 사람 냄새가 풍기는 곳
이곳은 어디일까?

사랑이란

먼발치에서 바라본 순간

내 가슴은 뛰기 시작하고

내게 가까이 다가오면

내 눈은 더욱 커지고

서로 마주하면

말문이 막혀 어쩔 줄 모른다

이게 사랑인가 보다.

화양연화(花樣年華)

구름에 달 가듯이

덧없이 계절은 빠르게 바뀌고

창밖 매미 울음소리가 한여름을 재촉하고 있다

올봄 새싹을 튼 꽃들은

온데간데없이 아름다운 자태는 보이지 않고

그 자리에 못내 아쉬운 내 눈빛만 남아 있다

가는 계절과 오는 계절의 계곡에 서서

나의 화려하고 찬란한 계절을 되돌아 불러보고

나도 잘 모르는 화양연화(花樣年華)를 그려본다.

바람이 실어 온 소리

바람이 살랑살랑 부는 이른 아침

눈부신 햇살은 창가를 두드리고

눈부시며 일어나 아침을 맞는다

바람에 흔들리는 나뭇가지에

내 마음도 매달아 같이 흔들려 보고

바람이 전한 소리에 귀를 갖다 대어

소곤대는 소리를 들어 본다

햇살에 스쳐 지나는 시원한 바람 소리

땅바닥에 누워 바람과 뒹구는 풀잎 소리

바람에 부딪혀 떨리는 나무 이파리 소리

지나는 바람에 흔들려 꽃잎 떨어지는 소리

바람에 실려 온 정다운 소리는

일상의 시끄러운 소리를 막아 주고

서로에게 어울리는 힘이 돼준다.

그리움

너를 보면 좋고

함께 있으면 더 좋고

아니면

네 목소리만 들어도 참 좋겠다.

장마 끝자락에서

벌써 더위가 성큼 다가오고
매미는 목 놓아 한여름을 부르짖는다

장마는 아직 떠나지 않았지만
지루한 장맛비가 떠나버린 끝자락에

뜨거운 태양은 구름안개 속에서
기웃거리며 푸른 바닷가를 쳐다본다

따가운 햇살을 받은 해바라기는
고개 숙여 발아래에 동그란 그늘을 만든다

마을 어귀 정자나무 그늘 아래서는
장맛비와 뜨거웠던 지난해 여름날의 얘기가
굴뚝 연기처럼 모락모락 피어나고

한낮의 매미 울음소리는 점점 커져

싱그러운 한여름날의 서곡을 알린다.

구름 속 초승달

서산마루에
초승달이 걸려 기웃거린다

지나가는 구름이
초승달을 가려보지만

그대 그리워 보름달이 되어
구름 속에서도 밝게 비추고

별들이 빛나는 한밤중에도
그대 곁에 머물러 함께하리.

동행

캄캄하고 어두운 방 안에서
촛불 하나가 훤하게 불을 밝혀주듯이

다정히 다가와 잡아준 너의 손길이
잘 보이지 않는 길을 헤쳐갈 수 있는 힘이 된다

같이 함께한 한 걸음 한 걸음은
새로운 나를 발견할 수 있고
내게 변화할 수 있는 여정이 될 수 있다.

나의 꿈

한때는 큰 그릇에 담을 꿈을 가졌고
그때는 그 꿈을 좇아서 달려갔지만

그 꿈은 내가 달려갈수록 더 멀리 가고
그 꿈은 내가 생각할수록 희미해져만 갔다

내가 꿈을 좇는 것이 아니라
내가 꾼 꿈이 내게 달려오도록
내 마음을 새롭게 만들어 본다

지금 이 시간이 무엇보다도
다시 오지 않는 소중한 순간이기 때문이다

나의 꿈은 내 곁에서
내 손짓을 기다리고 있을 것이다

내 곁에 다가올 수 있도록

조용히 소중한 꿈을 기다리겠다

시원하고 부드러운 바람이

꿈은 이루어진다고 소곤거린다.

꽃은 기다림이다

아침에 꽃이 피면

내 마음도 같이 활짝 피고

저녁에 꽃이 시들면

내 마음은 새벽을 기다린다

꽃은 기다림 끝에 핀 희망이다.

하늘 구름 땅

구름 아래 구름 속
그리고 구름 위에서

쳐다본 하늘은
한결같이 똑같다

땅에서 보는 풍경은
시시때때로 다른 모습으로 나타나

멈추지 않고 끊임없이 흐르는
강물처럼 살아 움직이고 있다

네 마음은
하늘에 있을까 땅에 있을까?

바닷가 모래밭

흐릿한 수평선이

하얀 캔버스 중앙 위에 자리하고

출렁이는 푸른 바다와 하얀 쪽배가

그 아래서 파도처럼 왔다 갔다 한다

넘실거리는 파도에

보일 듯 말 듯 한 쪽배는 서서히 사라지고

어느새 바다 위에 물새들이 모여든다

바닷가 모래밭에는

형형색색의 파라솔이 넘실거리고

그 아래엔 검은 선글라스만 반짝거린다

밤하늘의 별빛처럼

모래밭에 부딪히는 파도 소리에

한여름의 더운 마음을 씻어 내고

물새 되어 쪽빛으로 물든 바닷가를 날고 싶다.

다시 가고 싶은 곳

꿈속에서 언젠가 한번 가보았던 곳
살갑게 다가오고 정다움이 있는 곳
자꾸만 다시 뒤돌아보고 싶은 곳

내 마음이 항상 머물고 있는
그곳은 차마 잊을 수 없다.

언덕에 올라

한동안 가보지 못한 곳

푸른 하늘과 선선한 바람을 맞을 수 있고

저 멀리 산과 들판을 바라볼 수 있는 언덕

푸른 언덕에 올라서 목청껏 소리쳐 본다

잠시 후 돌아온 메아리는

왜 이제서야 왔냐고 한다

녹음이 풍성하게 우거진 산에는

다니던 정다운 옛길을 찾을 수 없고

생각나 찾아온 언덕에는

같아 놀던 옛 친구들 소리를 들을 수 없다

언덕에 앉아 지나가는 바람 붙잡고

어디서 들을 수 있냐고 물어본다.

(노스탤지어)

그늘

한여름 불볕 태양은 쉼 없이 내리쬐고
우뚝 선 느티나무가 그늘을 만드니

시원한 바람이 머물고
더위에 지친 새들도 찾아와 쉬어간다

나무 그늘로 햇빛을 덮으면
향긋한 바람이 솔솔 찾아오는 쉼터가 되고
여름날의 무더위는 그늘 속 친구가 된다.

한여름 바닷가

따가운 아침 햇살이 내리쬐고
땅에서는 뜨거운 열기를 내뿜어
나무 이파리도 숨을 헐떡인다

깔딱이는 숨소리에
바람도 숨죽이고
나도 길게 숨을 내쉰다

한여름 바닷가로 달려가면
햇볕에 반짝이는 파란 바다가
맨발로 달려와 나를 반긴다

출렁이는 쪽빛 물결 파도에
바닷가 모래밭 파라솔이 춤을 추고
파도 소리도 장단을 맞춘다

바닷물에 발을 담가 여름을 씻으면서

마음을 담은 생각

쏟아지는 별똥이 수놓는 밤하늘에

스쳐 지나가는 꿈을 잡아 본다.

화엄사 절경

산사에는 벌써 가을빛이 내리고

높고 푸른 하늘에 하이얀 구름이

이 산과 저 산을 이어주고 있다

추운 겨울 속에 예쁘게 핀 홍매화는

온데간데없고 매화나무에 푸르름만 더하고

스쳐 지나간 아쉬운 눈길들만 쌓이고 있다

홍매화 그리워 붉은 꽃을 찾아보았지만

저 멀리 홀로 따가운 햇살을 맞으며

붉은 꽃모자 쓴 목백일홍이 서 있다

덧없이 지나간 시간을 이제야 알았다

짙게 푸른 산과 옅은 안개에 감싸인 산사는

해 질 녘 고요함 속에 서서히 어둠에 묻혀가고

석등에는 온화한 불빛이 깜박이고 있다

산사를 벗어나

계곡물이 흐르는 돌다리를 건너니

무더운 한여름이 나를 기다리고 있다.

여름을 보내며

나무 그늘에 앉으면 여름이 오고
개울가에 발 담그면 한여름이 스쳐 지나간다

산과 들의 나뭇잎은 더욱 짙게 물들어 가고
풀벌레들의 애끓는 소리는
한여름의 아쉬움 속에 가을을 재촉한다

소리 없이 다가오는 가을 문턱에서
가는 여름은 덧없이 자리를 내어 주지만
한낮의 따가운 햇살은 여름을 붙잡고 있다

높고 푸른 하늘 아래 굽이진 산들은
먼바다 파도처럼 너울거리며
지는 석양 노을빛에 물들어 아물거린다

한낮 개울가 정자나무 그늘 아래서
물에 발 담그고 둘러앉아

지난 여름날의 기억을 물 위에 띄워 보낸다

이제 여름의 끝자락에 서서
아름다운 추억을 세어 주머니에 넣고
청명하고 푸른 가을 하늘을 기다린다.

제3부

가을을 보내며

가을 문턱에 서서

시간의 흐름에 따른 계절 손님은
잊지 않고 그때그때 찾아온다

밀물처럼 밀려 들어온 무더운 여름은
계절 변화에 따라 썰물처럼 지나갈 것이다

가을은
매미 소리와 고추잠자리 날개에 실려
문턱을 넘어 우리 곁으로 다가오고

아침저녁으로
맑고 푸른 하늘과 선선한 바람이 불어와
여름날의 땀과 지친 마음을 닦아줄 것이다

나는
가을의 문턱에 서서 너를 기다리련다.

향수 품은 바람

바람 한 점 없는 고요한 이른 아침
나뭇가지도 무거워하고
내 마음도 작은 창가에 붙어 있다

바람이 오면
나무는 바람 따라 흔들리고
새들도 이리저리 날갯짓하며 날아간다

작은 바람에도 흔들리는 이파리처럼
내 마음도 나뭇가지 따라 흔들린다

산들산들 불어온 실바람은
짙은 향수를 품고 있나 보다.

목소리

너의 목소리인 줄 알고

한밤중 빗소리에 깨어

창문 열고 목소리를 찾았지만

내 메아리만 되돌아온다.

아름다운 세월

물은 계곡에서 흐를 때는

힘찬 소리를 내지만

깊은 강이나 연못에서는

소리 없이 잔잔한 미소만 짓는다

꽃도 피어날 때는

짙은 향기를 내지만

질 때는 깊은 향기를 머금고 있다

지나온 발자취를 한번 되돌아보고

시원하고 향기 품은 꽃이 되고 싶다.

매사

어렸을 때부터 자주 들었던 소리
이제 내가 입에 달고 있다

할머니의 걱정스러운 표현
어머니를 거쳐서 내까지 내려온
매사에 항상 조심해라

따뜻한 마음이 물이 흐르듯
자연스럽게 전해지는 내리사랑이 떠오른다.

하늘을 보며

하루에 하늘을 몇 번이나 볼까
고개 들어 하늘을 훔쳐본다

하늘은
신이 내게 보내준 선물이다

하늘을 바라보면은
마음의 평안과 희망을 얻을 수 있고
나를 찾아볼 수 있다

잠시 고개 들어 하늘을 바라본다.

아침 이슬

나뭇잎에 밤새 소리 없이 내려앉은
이슬은 아침 햇살에 반짝인다

보석처럼 빛나는 아침 이슬을
찻잔에 받아 눈과 마음속에 담으니
무더위의 목마른 감정에 단비가 된다

시원한 아침 햇살 맞으며
담장 밑 작은 분홍 코스모스 한 송이
고개 내밀고 나를 반기고 있다

소리 없이 다가오는 가을 발자국 소리가
귓가에 맴돌고 있다.

함께 길을 걸으며

함께 길을 걸으며 속삭였지
풀과 나무를 스쳐 지나온 바람처럼
많은 것을 보고 담아 왔다고

불어온 바람을 맞으며
허전한 마음은 바람에 태워 보내고
비워진 가슴에 너를 담아 본다

말없이 길을 걸으며
눈을 감고 하늘을 쳐다보고
이 순간을 잡아 놓치지 않기 위해
가슴 한 곳에 소중히 메어 놓고 싶다

스쳐 지나간 바람은
다시 돌아오지 않지만
바람이 묻어 담아 온 아름다운 향기는
함께 걸으면 영원히 피어나겠지.

눈빛으로 삶은 감자

귀뚜라미 우는 초저녁에
감자를 삶으면서

뚜껑에 맺히는 진주 물방울을
찬찬히 세어보고 있다

문뜩 옛 생각이 떠올라
그때로 되돌아가 본다

마루에 앉아계신 할머니가
지나가는 말 한마디를 보탠다

감자를 빨리 삶기 위해
눈빛으로 감자를 익히냐고 한다

한여름 시끌벅적한 시골집에서 피어난
할머니의 구수한 목소리가

저물어 가는 한여름날 저녁에
내 귓가에서 소곤거린다

하늘에는 초승달이 기웃거리고
앞마당에서는 풀벌레가 합창하며

관객 없는 시골집 마당에는
쏟아지는 별똥별 조명을 등지고 옛 얘기들이
무대에서 펼쳐지고 있다

저녁 하늘의 반짝이는 별과 함께
시골집 마당 무대를 허공에 그려본다.

그리움

그대는 알고 있는지
만났던 날보다 더 많은 날들을
손꼽아서 그리워한 것을

그대는 알고 있는지
한더위는 지나갔지만
저린 내 마음 잠 못 이룬 것을

시원한 바람은 다시 불어오지만
깊어진 그리움은 메워지지 않은 것을

그대는 아는가?

계절 이웃

가지 말라 해도 가는
무더운 여름

오지 말라 해도 오는
시원한 가을

이게
자연이 준 선물이다.

가을이 오면

가을이 오는 발자국 소리를 손꼽아 기다리며
창가에 기대어 숨죽여 들어본다

가을이 다가오는 소리를 우리 집 대문이 먼저 듣고
활짝 열어 맞이한다

가을과 함께 찾아온 신선한 바람은
늘어진 나뭇잎들을 다시 세워 춤추게 하고
한여름 무더위에 지친 마음을 달래준다

가을이 오는 길목에
수줍은 듯 고개 숙인 코스모스는
가을바람에 산들산들 흔들거리며
고추잠자리와 입맞춤하고

풀벌레들도 가을이 오는 소리에
힘껏 장단 맞춰 노래한다

가을이 오면

하늘도 덩달아 맑아지고 푸르러지며

강물에 비친 내 마음도 더 맑아지것다.

바람이 불어도

스쳐 지나가는 바람에도
꽃은 흔들리지만
뿌리는 흙을 움켜잡고 더 단단해진다

너도 지금 힘들지만
나무뿌리처럼 단단해질 것이다

기죽지 마
참 잘하고 있어.

가을에 깃들다

푸른 하늘에 떠 있는 조각구름은
흩어진 내 마음의 자국들

오늘같이 맑고 푸른 하늘에
내 마음을 담가 씻어
다시 태어나고 싶다

강물 위에 떠 있는 푸른 하늘빛은
물속에 떠 있는 내 마음과 같아
깊은 강물처럼 파랗게 물들게 한다

높고 높은 가을 하늘 속에
뛰어올라 새가 되어 맘껏 날고
시원한 바람 따라 훨훨 날아가고 싶다.

내게 온 편지

쾌청한 가을 하늘 아래에 서투른 편지를 써
주소도 없이 우체통에 넣어 보낸다
주인 없는 편지는 마냥 갈 곳 없이 기다린다

편지를 다시 꺼내 주소를 써서
내가 받아 본다

보낼 곳이 없어도
가을에는 내 마음의 편지를 써 보내자.

기다림

눈 씻고 기다려 봐도
보이지도 않고

온다는 소식이 없어
애달프고 감감하다

간밤에 한줄기 비가 온 뒤
더운 바람은 잠들고
나도 같이 하룻밤을 보내니

이미 내 앞에 와 서 있네
가을은!

코스모스

길가에 활짝 핀 빨강 코스모스 한 송이
따스한 아침 햇살에 반갑게 손짓한다

맑고 푸른 하늘에는 고추잠자리와 함께
새들도 날갯짓으로 가을을 만끽하고
푸른 하늘이 강물에 안기듯이 내게도 안긴다

나뭇잎 끝에 매달린 가을 향기는
새색시 볼처럼 물들어 익어가고
늦게 핀 꽃들은 시새워 얼굴을 내민다

서쪽 산 너머로 해가 지고
달을 품은 어둠이 찾아오고 새벽이 오면
코스모스는 맑은 아침 이슬로 세수하고
나와 눈 맞추며 인사를 하겠지

내게 다가온 빨강 코스모스는

아름답고 너무 고와 눈으로만 만져본다.

바람이 불면

살랑살랑 바람이 불면

그대 그리워서

나는야 돛을 올리고 노를 젓는다

바람아!

나는야 그대 그리워

힘껏 노를 젓는다

바람아!

너는 내 마음을 아는지

힘껏 불어주는구나!

가을은 어디서 오는 걸까?

가을은 어디서 오는 걸까?
노랗게 고개 숙인 들녘의 벼 끝단에서 오고
마당 빨랫줄 대나무에 앉은 잠자리에서 오고

아마
바람에 서로 부딪히는 나뭇잎 소리에 놀란
우리 마음에서 오지 않을까 하여
눈을 감고 가을이 오는 소리를 귀담아 본다.

달을 품은 구름

달 밝은 밤에

강나루 언덕에 홀로 앉아

강에 떠 있는 구름 속 달빛을 훔쳐본다

달을 품은 구름은

내 마음과 같이 바람 따라 흘러 흘러

산 너머 어디론가 떠나가고

나도 강물 따라 흘러가 본다

다가온 구름 속에 살짝 감춰진 달은

새색시처럼 부끄러워 살짝 내밀고

다시 구름 속에 숨어버린다

구름에 달 가듯이

내 마음도 그대가 머무는 곳으로 달리고

구름 속 달을 보면서 그대 얼굴 그려본다

마음을 담은 생각

달빛을 살짝 가린 구름에

부끄러워하는 그대 마음이

차마 내게 들키지 않았으면 한다

달은 구름 속에 숨어버리고

희미한 달그림자를 쫓아서

내 마음은 바쁘기만 하다

구름에 달 가듯이

그대 곁으로 다가가는

내 발걸음은 마냥 가볍기만 하다.

구절초꽃

이제야 너의 꽃향기와 아름다운 모습을
접하게 되는구나!

봄부터 한여름날까지 애타게 기다리게 하고
살포시 꽃봉오리를 터뜨려
분홍 연지 한 새색시처럼 수줍음으로 가득 차 있다

간밤에 달빛과 눈 맞춤 하고
눈처럼 하얗게 핀 꽃

아침 햇살에 반짝이는 꽃잎은
산들산들 가을바람에 춤을 추고
찾아온 벌과 나비들을 반긴다

어린 연분홍 꽃과 만개한 하얀 꽃잎은
서로 부딪치면서 가을 꽃밭을
더욱 풍성하고 향기롭게 만든다

진한 꽃향기를 지나는 바람에 실어
멀리 떨어진 님에게 보내고 싶다.

가을비

창밖에 굵은 빗줄기가 주룩주룩
마른 마음을 훑는다

한동안 무더위에 갇힌 마음도
간밤에 내린 빗물과 시원한 바람에 씻겨
한결 개운해지고

목마른 나뭇잎도
시원하게 내린 비로 목을 축이고
한결 선명한 색깔로 가을을 맞는다

세찬 빗줄기 속을 걷고 있는
우산 속 나를 발견하고
가을비에 마음이 촉촉해진다

이 비가 그치면
선선한 가을바람과 함께

길가의 꽃들은 눈부시게 풍성해지고

하늘은 더욱 푸르고 높아질 것이다

다가온 가을과 함께

내 마음도 들처럼 풍성해지겠다.

단풍잎

어느덧 찾아온 찬 바람에
나뭇가지에 매달린 나뭇잎이 떨고 있다

떨리는 나뭇잎 끝에 가을의 향기가
더욱 물씬 묻어나고
스쳐 지나가는 가을바람은 향기로운 향수에
젖어 떠날 줄을 모르고 맴돌고 있네

풀벌레 소리는 잦아지고
풀잎에 맺힌 영롱한 이슬은 아침 햇살에
더욱 빛나고 구슬처럼 매달려 있다

한발 늦게 찾아온 가을은
산과 들의 일상의 색깔을 울긋불긋 물들이고
화려하게 감싸 더욱 설레게 한다

산봉우리에 걸려 있는 하얀 조각구름

얼룩진 단풍잎으로 새롭게 단장한

뒷산은 한 폭의 산수화가 되어

내 마음에 걸렸다.

낙엽을 태우며

찬 바람이 일면

나뭇가지에 매달린 나뭇잎은 너풀너풀 춤을 추고

짙은 붉은색의 이파리는 바람에 날려

새색시 입맞춤하며 땅에 살짝 내려앉는다

떨어진 낙엽들을 긁어모으며

고운 색으로 물들어 있는 낙엽을 보며

지난날의 아름다운 기억도 같이 모아보고

낙엽의 모양과 색깔은 다르지만

지나온 삶의 자국이 선명히 나타나

풋풋하고 산뜻한 옛 모습이 떠오른다

낙엽을 밟으면

발끝에서 전해온 바사삭바사삭 소리에

가을이 보내준 소식을 느끼며

맑고 푸른 하늘을 바라보게 된다

낙엽을 태우면
배어나는 향기는 바람을 타고 멀리 날아가고
자욱한 연기 속에 나타난
지난날의 추억이 아름답게 피어난다

바람에 날리는 낙엽을 보면
달려가 두 손으로 살포시 받아
내 맘에 살짝 내려놓고 싶다.

논두렁길

노랗게 익은 벼는 고개 숙여

따가운 햇살과 바람에 흔들거리며

허수아비와 어깨동무하고

내 발걸음 소리에 놀란 메뚜기는

하늘 높이 날아 종이비행기 되어

어린 시절 논두렁길 친구가 된다

내리쬐는 햇살에 벼는 출렁거리며

노랗게 익은 황금 들녘 속에

보일 듯 말 듯 한 좁고 기다란 작은 논두렁

논두렁길을 달리던 어린 시절 발자국은

황금으로 물든 들녘 모퉁이에 서서

밤늦게 들에서 돌아오는 엄마 발자국 소리를

여전히 기다리고 있다.

허수아비

노랗게 익은 가을 들판 한가운데
한 사람이 졸며 서 있다

참새들도 아랑곳하지 않고
마음껏 여기저기 날아다니고
친구가 되어 가을을 즐긴다

내리쬐는 따가운 햇살 속에
황금 들판을 지키는 허수아비는
오늘도 참새와 친구가 되고
동네 꼬마 녀석들과도 눈으로 얘기한다

가을 들녘 한가운데
혼자 외롭게 서 있는 허수아비는 바람에
같이 춤을 춰 참새를 혼내자고
하소연해 보지만 소용없는 것 같다.

가을 하늘을 바라보며

눈부신 햇살과 선선한 바람이
아침 개울가를 가득 채운다

개울가에 비친 하늘은
한겨울 살얼음처럼 맑고 청명하여
파란 하늘이 내 눈 속으로 들어와 있고

가을 하늘을 바라보면
하얀 파스텔로 터치한 자국처럼
하늘에 옅은 새하얀 구름이 스쳐 간다

빨강 고추잠자리와 노랑나비가
흔들리는 구절초꽃에 나란히 앉아
가을빛 향기를 더욱 애끓게 한다

가을바람에 떨어지는 낙엽 속에
달콤한 가을 정취는 서서히 익어가고

내 마음도 가을과 함께 무르익어가고 있다

가을 향기에 눈길을 잃고
아름다운 시절 속에 머문 내 마음
지나가는 바람 소리에 더욱 깊어진다.

가을이 가면

소리 없이 찾아온 국화꽃 향기

그 향기 점점 멀어져 가니

그곳에 낙엽만 쌓인다.

마음을 담은 생각

초판 1쇄 발행   2024. 12. 13.

지은이   채장수
펴낸이   김병호
펴낸곳   주식회사 바른북스

편집진행   김재영
디자인   한채린

등록   2019년 4월 3일 제2019-000040호
주소   서울시 성동구 연무장5길 9-16, 301호 (성수동2가, 블루스톤타워)
대표전화   070-7857-9719 | **경영지원**   02-3409-9719 | **팩스**   070-7610-9820

•바른북스는 여러분의 다양한 아이디어와 원고 투고를 설레는 마음으로 기다리고 있습니다.

이메일   barunbooks21@naver.com | **원고투고**   barunbooks21@naver.com
홈페이지   www.barunbooks.com | **공식 블로그**   blog.naver.com/barunbooks7
공식 포스트   post.naver.com/barunbooks7 | **페이스북**   facebook.com/barunbooks7

ⓒ 채장수, 2024
ISBN 979-11-7263-195-6 03810